U0475693

没有一行秘密会被文字遗忘

Meiyou Yihang Mimi Hui Bei Wenzi Yiwang

陈欣永 —————— 著

陈欣永，在《诗刊》《诗歌月刊》《诗选刊》《江南诗》《绿风》《福建文学》《西藏文学》《天津文学》《长江丛刊》《中国文艺家》《青春》《飞天》《芳草》《西湖》《延河》等全国十多家报刊发表诗歌。获第五届中国十佳当代诗人、2020—2021《中国诗人》年度提名奖等。有诗作入选《中国新诗排行榜》等十多种选本。著有《节省孤独》等诗集。

序言

没有一份努力不会获得缪斯的回报
——诗集《没有一行秘密会被文字遗忘》读后

谭五昌

在当今诗坛上，陈欣永这个名字对很多人来说应该并不陌生，近些年来，他的诗作经常在各大诗歌刊物与有影响的诗歌选本亮相。我个人认为，陈欣永的诗歌文本不论从艺术质量，还是从表现手法的层面来看，都达到了一个优秀诗人的应有水准。陈欣永即将面世的诗集《没有一行秘密会被文字遗忘》内容十分厚重，艺术表现特色独具，值得我们重视与赞许。

陈欣永的诗歌创作首先注重生命体验的真实表达。毫无疑问，诗歌是生命体验的艺术性呈现，没有融入生命体验的诗歌创作难免有言之无物和无病呻吟之嫌，陈欣永的可贵之处即在于他在用心灵感悟生活、感悟世界，进而在其创造的艺术世界里获得了心理、情感和艺术表现上的均衡和共通。例如，在《我要慢在路上》一诗里，诗人如此写道："都说城市的套路深/我想成为研究套路的人/看黑白分明的事物/在蓝天白云下看/阳光透过玻璃车窗、梧桐树叶缓慢地/落在街道上/学习走一步是一步，面对慢生活/我要慢在路上/听喧嚣的城市私语/当办公室通俗的灯光和平仄的月光对峙/我会等/一页纸上的乡愁。"该诗虽然篇幅不长，内容却十分饱满丰富，巧妙道出了诗人的内心感受与生命体验。作为"研究套路的人"，诗人似乎是位不可捉摸的神秘哲思者，但同时他又是个世俗世界里的普通生活者，"蓝天白云""阳光""车窗""梧桐树""办公室"等意象都是可触可感的日常真实物，在这些镜头般不断切换的意象以及表面客观、平静的叙述中，有力呈现出了诗人内心深处对于故乡的深刻思念。而在表达生命体验的同时，诗人还常常自觉不自觉地表达其对于生命体验的内在思考，比如，诗人在《悲喜》中这样写道："看顺眼了的落叶，都是秋天的原创/凋零是花朵的原文/所有纯真的盛开，都在等一次枯黄。/在前程上，走一条红尘的小路/才能容得下两个人一起并排学习天长地久/才能走进相安无事的美好家园/不用担心别人，只要好好一起小心火烛/谨慎用刀，切菜和切瓜/等天真的时候掐疼相爱的岁月/不关痛痒的谈笑风生/随意看轻身外的荣华富贵，养好习惯/对待恰到好处的悲喜。”在此诗中，诗人看似在感叹花开花落的季节交替现象，实质上其更深层的意蕴是在表达诗人对时间、生命与人生悲喜等复杂命题的思索与感悟。在此，陈欣永的诗歌文本超越了感性抒情的层面而具有了某种生命哲思的意味。《浪费一声叹息》《你的痛苦是对生活的碰瓷》《青春被辜负在其中的一节车厢里》等诗篇亦是如此，诗人将个人经历与自我体验及其命运遭遇融为一体，以最真实的生命体验与人生感受阐释其对自然、社会与人类的认知，在对世界万物的自觉追问中走向生命哲理的思考。

艺术的奇妙之处在于含而不露，如蜻蜓点水般却给人以无穷的想象空间。陈欣永的诗歌审美特质正是这样：含蓄内敛，情感节制，读者要经过反复咀嚼才能读出弦外之音。现以《我用过的折痕》这首短诗为例：“半遮半露的语言/搂不住/真理的腰/我用过的折痕/在虚伪的褶皱里/有太多抚不平的事/如今，我连寂寞都是用旧的/也许盘出苦难的包浆来/才会有幸福的光泽。”全诗九行，最长一行不过十个字，最短只有三个字。当我们感叹此诗形式的精致短巧时，不能忽略这是诗人陈欣永有意克制情感的结果。整首诗以沧桑、疲惫和苦痛为基调，字里行间却规避了激情的宣泄，将自我的感性抽离与淡出，达到了诗歌情意表达的抽象化。简言之，含蓄是一种朦胧的、不明晰的、充满不确定性的美。这里再以《寂寞的抄袭》一诗为例："我不是吃黄浦江的风长大的/花的都是便宜的寂寞/光阴土豪似的/转眼青春都快花完了/不管愿不愿意/苦闷是上海一页虚掩的门/原版的都市生活/整理不了我慷慨的蹉跎/好在院子里的草抄袭了故乡的草/春风也抄袭了故乡的春风。"外物唤起人的情感，时光的流逝与岁月的蹉跎令诗人感到人世间的寂寞。不过，诗人用理性节制情感的方式最大限度地压抑着自己的个性，隐藏了内心的无限感慨，全诗仅有"寂寞"二字做铺垫，其余再无一个字可以显露出作者复杂的内心世界。实际上，剥开极致简洁和冷静外表形式，其内核深处的情感可谓是"波涛汹涌"的。中国百年新诗历经了一个深刻的变革过程：从挣脱格律的束缚到白话的狂欢，再到格律的内在修复，再到诗体的多元化呈现与演变。相较于郭沫若等早期浪漫派的激情亢奋、狂飙突进、无所顾忌的表述方式而言，新月诗派"戴着镣铐跳舞"所"舞出"的诗句更能彰显诗歌不同于其他文学艺术形式的优越之处。简单说来，格律的谨严、技巧的讲究、情感的节制，强化诗之为诗的本体意识。由此可见，心态躁动、呐喊式的诗歌表述方式易将诗人的创作热情消耗殆尽，处理不当还会使得诗歌自身偏离其艺术的本质与底色。在限制中自由地表达情感与思想，是诗人非凡才能的标志。正如钱理群先生所言："艺术创作从放纵到控制是一个合乎规律的发展，是艺术日趋成熟的表现。"从这一点来看，陈欣永在诗歌感情的克制、形式的简洁和语言的讲究方面是十分难能可贵的，足见其创作并非即兴与随意状态，而是在对诗歌本体有着深刻的认识与见解之后所作出的理性选择。

诗是语言的艺术。陈欣永在诗歌创作上特别讲究语言的简练，注重修辞艺术。我国著名作家汪曾祺曾经对文学语言的重要性有过这样的论述："语言不是外部的东西。它是和内容(思想)同时存在，不可剥离的。语言不能像橘子皮一样，可以剥下来，扔掉。世界上没有语言的思想，也没有思想的语言。"没有好的语言，再生动的形象与再深刻的思想都无从体现。古今中外广为人知的诗人与作家，没有哪一位不是语言大师。当然，不能说陈欣永现在已经在语言艺术上达到了完美无缺、炉火纯青的境界。但不得不说，陈欣永在绝大多数诗歌文本中其修辞效果是颇为新颖别致，生动感人的。现举出《答案在脚下》这首诗为例："峰峦叠嶂/像道试题/答案在脚下/每登上一步，都不需要解读/松树林是满分的卷面/遍野的草/是时光的插叙。"诗人充分展开联想，将人生的阶梯喻为"试题"，使不具备可比性的喻体与本体之间相贯通，生成妙不可言的感觉。诗人在《闲言碎语》中这样写道："城市里的江，越看越像图中的江湖/每一朵浪花/都是替身。”诗人将城里的江比作图中的湖水，由此将自己对城市生活的感受具体化了，拓展了感觉的空间，将诗人的心境有层次、有深度地传递给了读者。而在《人间的烟火》一诗中，诗人如此写道：“时光匆匆，离去的疼/是补丁/记在桃花下的爱情故事里。”诗人将“疼”比作补丁无疑是令人意想不到的，用毫不起眼的“补丁”这个意象营造出生动的意境，为紧接而来的感情抒发做了极好的铺垫。打开陈欣永这本诗集里的诗篇，不难发现他是一位非常擅长使用比喻艺术的诗人。陈欣永诗歌创作中比喻的运用足见诗人修辞的讲究与雕琢，诗人只有把内心的情感思想托付给具体、生动、形象的语言，才能强烈地拨动读者的心弦，并赋予其诗歌文本以浓郁的审美意味。在这一点上，陈欣永整体上无疑是做得很好的。当然，除了比喻手法的巧妙运用，陈欣永还善用通感、象征、色彩意象等修辞手段，生动、鲜明地将抽象的事物具象化，记录下诗人切身的生命体验和人生感悟，书写出自己对社会、历史、自然的思考。同时，陈欣永的诗歌语言又是高度凝练的，尽管运用了大量的修辞方法，但丝毫不影响其诗歌文本形简意丰、言短意深、言近旨远的艺术效果。

以上所言，只是简要概述了陈欣永的诗歌艺术特色与创作亮点。实质上，陈欣永的诗集《没有一行秘密会被文字遗忘》蕴含着颇为丰富的情感经验与哲思内涵，其艺术表现的较高水准也是值得赞赏的。简言之，该诗集非常值得读者朋友细细品读，绝对会很有收获的。在此借用一下诗集标题《没有一行秘密会被文字遗忘》，我认为，诗人陈欣永“没有一份努力不会获得缪斯的回报”，以此真诚祝贺欣永的诗集出版以及将会获得的良好社会反响。欣永本人对于诗歌创作态度十分热忱，也非常执着与虔诚，他谦虚好学，经常向我请教诗歌创作问题，对我执弟子礼，我为欣永不断探求、精益求精的艺术精神感到欣慰和开心。这本诗集《没有一行秘密会被文字遗忘》毫无疑问是欣永近阶段诗歌创作的重要收获，是缪斯给予他的一份美丽的馈赠，诚望欣永继续努力，不断突破自我，创作出更多具有大气象、大格局的精品力作！

是为序言。

2023年7月27日凌晨　写于北京京师园

谭五昌：江西永新人。北京师范大学中国当代新诗研究中心主任，北京师范大学文学院教授。

目录

包浆

打发时间，在文字里打发过去的事
在字与字之间锻打
有一行是一行

排列的诗意，盎然栖居在纸上
学隐退，字是我的铁器
夜越深越有硬的道理，好打发掉
一堆后悔的词

不用形容旧的风声，字是零件
有锈迹的，是我蹉跎的包浆

江底

再多的流水账，也不记情
世俗是渡口

我的渡船在体内
要摆渡的心事不重

搁浅的壮志和豪情都还在
理想的地图不全了

该沉入江底的话题已经沉迷
捞起的疼，是以前伤剩的

经历

瓯江、黄浦江、苏州河沉有
我坏的打算，年久的往事
散落了，很多苦恼都是零星的

有些片段
在逆流而上的时候，我弯过腰

清洗过的好事
手上的淤泥和黑都已经洗白

乡愁册页

山、江、田是故乡的册页
月光反复画
被称为乡愁的圆缺

野草拔节，杜鹃花开
庄稼地里的村姑
老厂房和
新城区的灯盏，每页都在
借萤火虫的光
照亮
江边的清风

在木船上划过重点的波澜
起伏一下，不惊肉身
来横渡

累了就在封底靠岸

等待

人世间，旧账一件件，小事一桩桩
点点滴滴，在时光的缝隙里流逝
磨蹭着，把表面的棱角磨平
等待一把锋利的刀
等待一捆好柴，等待劈开
一截世俗的偏见，用一刀两断的词

编一些文字

除了一事无成，还剩下了
好高骛远、不切实际、眼高手低的缺陷

和一贫如洗的比
人家寒窗下，苦读诗书
在现实面前气自华了

往事不少
别墅和老房子比
口袋里装着一批的信心

藏着掖着的
一堆
门外的，精挑细选的闲言碎语

遍地跑，比谎言还动听
不比虚心了
假意的段落，要编一些文字
等别人来对号入座

我的肩膀

捞上岸的心事，再次沉下江底
就要洗一洗，再磨一磨
把粗粝的部分
磨掉

不是为了光滑细腻的一面
细碎的失望
和粉末，作为边角料
把漏洞百出的谎，补丁好

找回自信的钥匙，打开
深藏不露的手段
抓住机会去搬运心里的
砖、沙土、瓦片

凭想象力，一砖一瓦砌好墙
围挡外来的赞许和目光
把分量重的拿掉，以防压垮

我的肩膀不是挑大梁的
只愿意背负
一些轻拂的风

重要的疼

重要的疼，要记下来
每一声喊话
脚印是泥泞的留言板
铭记深浅的道理

有一段美好的掂量就够了
在有些关键的节骨眼上
尽管走，藏些身手不凡的失败
并不坏，别跟风

宿命论里写好的，改不了
要有秤杆的心态
去面对秤砣的进退
秤盘里的信心得有

还有一些冬天的抒情没有用完

雪是一场纯洁的误读
寒冷的字更能保留
江湖路上风的段落

把窗外结冰的章节记下来
而时光的尺度较长，目标太辽阔
已经丈量不了我狭窄的眼下

每一场雪的隐喻也不够具体
具体不了冬天
寒冷的价值

而我还有一些冬天的抒情没有用完
想借雪来做一页
白皮的封面，封住大地虚构的纯洁

我要慢在路上

都说城市的套路深
我想成为研究套路的人
看黑白分明的事物

在蓝天白云下看
阳光透过玻璃车窗、梧桐树叶缓慢地
落在街道上

学习走一步是一步，面对慢生活
我要慢在路上
听喧嚣的城市私语

当办公室通俗的灯光和平仄的月光对峙
我会等
一页纸上的乡愁

黑是夜的一幅窗帘

口袋有钱了，写出的句子就会虚
赊一本光阴，怎么写都是假正经

日子里落满了长短的灰尘
什么笔能掸去忧伤

或许落叶，是秋风的底稿
一根思想的绳索
捆不住我一行行飘忽的想象

通常把思想埋在薄情的土地里
隔夜
就会发芽

秋天，夜色太美
你不一定知道
女人的身子是纯洁的表面

黑是夜的一幅窗帘

抱一次陌生的新词

写进普通的爱情里就会复杂

该用尽的，我会先把忧伤用尽

我从不挤对别人的想法
该用尽的，我会先把忧伤用尽

诗是相思病的药引
一杯酒达不成踉跄的身影

前进，我不会用爱情的步伐
守住一节虚伪的底线

漂泊在外，我是过往的船
上海是渡口，有朋友来我会动用一支桨叙旧

用手机拍下一些纪念的新照片
以江湖为背景，将偶尔提醒自己的咳嗽
录下

修过边幅的夜，我不愿意找一个形容词
把思念翻新或者做旧

我不改编任何一段曲折

心事越来越少，习惯留些委屈
能写就憋不出内伤
咳嗽一声就能排解心里的失意

给瓶红酒，酒后谈资太多
我是有长篇故事的人
经历和小说情节一样相似

我不改编任何一段曲折
不需要艰难的词语
每写一句都是朴实的安慰

在前途命运的安排下
渺茫的伟大不是我想成就的
我限量每一次的迷茫

写诗

指望整理一些旧伤写进诗里
用微薄的努力

把松开的虚荣心
在夜里拧紧

苟且是诗意的发条

我用过的折痕

半遮半露的语言
搂不住
真理的腰

我用过的折痕
在虚伪的褶皱里
有太多抚不平的事

如今，我连寂寞都是用旧的
也许盘出苦难的包浆来
才会有幸福的光泽

学习知足

学习知足
用半斤朴素的语言
大方承认自己内心浅处的远虑

近忧
像一只高脚玻璃杯
等待倒上红酒再来解读

醉酒的作用有限
灌溉后的秘密
私语堆积

我每次交出的真言
没有一滴遗憾
需要半两私藏的勇气

窗外的风声，喜欢自言自语
我知道一杯酒，灌不醉喝酒的兄弟

也许在酒水外
没有更好的说辞
可以掩饰人间的是非

时光的账

春天的一首诗内，必须得有风
十里不十里没关系
得有桃花，没劫的那种
开在朋友圈上也行
写一行生僻字，难一难遗失的文化
再查一查体内的尴尬
把冬天删除的枯枝落叶
翻一翻，包括鸟鸣声
一起借一笔春风得意的债
来抵我蹉跎时光的账

病根

过往的污渍，等雨天，淋一淋就干净了
然后拧干湿透的心思，用少量细腻的情感
把纠葛部分，拿出来晒一晒

夜深人静的时候
黑色是星光撕下来的，伪装的面具
月光演的思念都很肤浅

漂泊再远，有病根在，乡愁就是通病
月饼的甜，医治不了心灵深处的苦

不管多远

丝瓜花、绿藤、芦苇荡和向日葵
以及青苔斑驳覆盖的石板台阶
都是潦草的乡愁，等月光抄
思念是作业的一部分，在手机里抄
以纸条的名义，借萤火虫的光
不是为了照亮南北的距离
在瓷器、芍药花、邮局的背景下
我会手写一段风
顶住浪，避过礁石，删掉淹没的情意
赶在失落前抵达
在雁阵下，顺着万里晴空，想象一下翅膀
不剩下任何理由
捎去满心的夜色、一纸空文和几筐牵挂
仿真家书，随风一起
不管多远，你会读到一封月光
要坐等在门前的江旁读，城市和镇上的圆缺

实话

藏匿起来的信心，还略有所剩
行李箱装下了一些嘱托
奔波在路上，我一直充实不起来
顺着风的藤蔓，摸不清城市套路的底数
我不会在静谧处学鸟叫声一样喊话

鸟鸣如同暗语
上海的鸟鸣和故乡的鸟鸣都不喊普通话
不知道是叫好还是喊疼
窗外的太阳，也不是故乡的
鸟鸣声也装不进信封
想寄一封慢信，微信上画的夕阳有点假

归途有计划在十字路口，却一直徘徊
现在积够了耐心
我总在等瓯江的涛声来翻译
漩涡的身世
我知道鹅卵石是江里的词语

也是江水的讲话稿

在阳光下，我想，作为以水为生的石头
是哪一门的寂寞，能成为水的驿站
一块块的，在清水里翻版，在岸边表明
把实话搁在浪花里

凋零

所有多余的脚印，是我留足的后路
要有是非，才能在黑白里分明
我的规矩，从不拿方圆的图来修剪
一枝独秀的花，我不利用花瓣的美
放在时光的车轮下来碾压一遍我的坎
我要等春风来吹散远去的脚步
拍摄一些背影的花絮，等情绪弥漫开来
学一枚钉子一样，只想简单钉在墙上
不学凋零

比喻句

抽空做好，做好上山的准备
不是为了砍柴，只想看得更远
出门前，先到瓯江边怀旧

我会好好测下江的深浅
把传说我的运气拿出来，重新开光
在庙旁放走使坏的风声

拦下比喻句，用带刀字的成语防身
再恨的时候，我也不会起杀心
善良是我骨子里的懦弱

胆小惯了，而且上瘾啦
动笔时
真想打一回，做一做纸上谈兵的好汉

思想的河流都有灵魂的渡口

本来就应该，所有付出的疼
在时光里的伤都是利息
笔赞美过的石头，光凭硬就能证明
文字放在水里，我会捞起备用

我经历了的事，过程如作坊里的劳作
搅拌的酸甜苦辣，均匀不了我的杂念
面对水的清澈，读些浪花是不够的
思想的河流都有灵魂的渡口

我不是用笔当撑杆的摆渡人
山与水里藏着万物的高低和深浅
我要在诗集里独坐，以文字为过滤网
隔离掉世故和圆滑，处事时绕过精明

愿意让岁月挡住每一条去路
作为纯洁的启事，挫折是成功的驿站
我会手抄一份失败，分行排列成禅机

做天地的过客，我需要拾掇着往事
把不堪回首的过往，作为背影

填补内心深处的空白页，给自己留条小径
借点暮色来做界限，远离名利的诱惑
内容涉及贫富的，我不会去用笔画来缝合

时光如一个棋盘

时光如一个棋盘，我常常和自己对弈
在外省落子，回老家总是盘算着悔棋

我不听从内心的召唤，积攒失望
把瓯江里捞起的漩涡，重新还给用旧的江水
游呀游，游不出满江的涟漪和宽阔的词语

现在出门在外我会带点浪花
拍摄些陡峭的花絮，储备山水的筹码
拿山里文化漂流，复习荡漾的笔记

提升一下，等温好家酿的陈酒，在雨夜时
我要把积蓄的乡愁全部放生

悲喜

看顺眼了的落叶，都是秋天的原创
凋零是花朵的原文
所有纯真的盛开，都在等一次枯黄

玫瑰花的刺是一本幸福的简介
需要光阴来赏析

在前程上，走一条红尘的小路
才能容得下两个人一起并排学习天长地久
才能走进相安无事的美好家园

不用担心别人，只要好好一起小心火烛
谨慎用刀，切菜和切瓜
等天真的时候掐疼相爱的岁月
不关痛痒的谈笑风生

随意看轻身外的荣华富贵，养好习惯
对待恰到好处的悲喜

我已善于利用耕耘的朴素

青春总是马不停蹄，那年我带笔奔赴
在城市蹉跎的时光，像我的一排脚印
借春风翻动，每一步我都倒背如流

我从不翻译不良天气，好解读内心的沧桑
一场不留后路的季节
花朵挤满了上海的世纪公园

那时虽然身无分文，脊梁却驮着
故乡的月光，隐匿方圆数百余条的归途
用思念打量着每一个路人

喧嚣的风吹过我内心深处的空荡
噙满泪水如新绿，借树枝想象
划伤漫漫的长夜
后来，我终于攥紧了院子里的葱茏

现在，我已能用光阴穿针引线牵着宿命
如期而至，不让占地超过我的底线

每一分收获，我已善于利用耕耘的朴素
不留生根的盲点，深刻犹如一场发芽

酒能写出来你的供词

彻夜不眠，挥霍思念里的那些曾经的伤害
岁月打磨、抛光一把刀，削着书生的抱负
削着天才远征路上遇到的所有挫折

吹散，风一样自由地飞翔在心里面
打开别墅的窗户，外面都是冷漠对待的花草
肉身赴约一场精彩纷呈的表演

酒瓶打开，用杯子的榜样给自己倒上
诉说愿天下有情人终不成眷属
内疚不可思议，挽回损失严重的爱情

酒能乱性，酒能写出来你的供词
杯底留不住想尽的时光，一口流利地喝掉
远方的尽头就是这样简单的痛苦
远方更是一坛神奇效果的幸福

你的痛苦是对生活的碰瓷

欲望藏在手机的微信里
屏蔽一些悄悄的话语
你八成新的身体里布满了
生活的包浆

盘来盘去，是一手幸福的光泽
虚构漆黑的结局
陷阱是一个个放在路口的微笑
布设揉搓均匀的种种谎言

假爱情都有抖动的暗示
而握手深刻处，远比拥抱下流
喘息的空间显得格外宁静

脸是帷幕后面的剧情
具体的浅薄思念和心痛的瞬间
是启航一艘靠不了岸的小船

你的痛苦是对生活的碰瓷
坐下来喝酒的时候，是要有一种栏杆
醉了，可以扶住那些弥漫着淡淡清香的忧愁

浪费一声叹息

刚来上海的时候，街道上的人是景色
我也是来来往往中的路人
从街头走到街尾，进入弄堂，读到的石库门
砌在上海的老故事里
后来每一个字的咳嗽在小说里流传
远去的，那一幅婀娜的背影依然那么迷人
苏州河沿岸的风声和鸟鸣，都在渡我
过深浅的坎，命运总是捉弄别人
我过了一座又一座桥，都是通往迷途的
我学习羔羊努力脱离命运的安排
留两页奋斗史，在尘世中
获得喧嚣、不安和失落
还有挡雨遮风的银两，后来
终成陌路相逢的过客，我翻修旧理想
便于被光阴冲淡、浪费一声叹息

锋利的刀刃是隐身的能力

躲雨，别躲在别人的屋檐下
我要在门外披上善良的外套，装傻
除了不卖命，我可以在失败面前卖乖
也可以在爱情中卖萌
在聪明人那里充愣，通俗地看
易懂的天地，努力去翻身做好自己的事
准备好佳话，把脚步走进传说
学打比方，学打铁一样，锻打成硬道理
锋利的刀刃是隐身的能力
只有锈迹斑驳的时候才算真正钝化旧疼
不喊的时候，可以弯下腰
找机会和朋友碰杯，用酒洗，远忧和近虑
不沾月色，想想漏洞百出的乡愁
像破铜烂铁一样，那不值一提的迷茫
我不会珍惜用过的风雨，用方言录下雷声
在城市里，好用朴素的闪电划开难事

醉得及格的，都是用碗的人

人活着就不能少了烦恼
没烦恼，你还算人吗

烦恼如石头，堵住了你的前途
砌成的墙是思想，要拆掉

要拆，就要借尘世的酒，喝，大谈特谈
借一瓶，借一杯
在一部往事与两页闲言间

醉得及格的都是用碗的人
说过的大话过一夜，全忘在夜风里

把心事种在情感的基地里

心病是
写进诗里的字，没有一粒可以作为解药
漂泊的路上，我的泥泞，都记下了脚印
没有一步有潦草的深浅，看透了
是治疼的偏方，我从不喊一声硬话
我学会了懒惰，寂寞是一味良药
所有词都能伤筋动骨的写，专治不服
没有一行秘密会被文字遗忘
把心事种在情感的基地里，不需要花园
方便词语在思想上做手脚
行吟是我落下的病根，没有一首诗能拔掉
字里的疼

一把剑的声音

我出生在“腰下有龙泉”的地方
通常大年初一，大家都刻意地说好话
吉祥话成了一种基因，不说担心来年走霉运
我向往在打铁铺喝一场酒，吃一顿肉
想趁热打铁
在没有火的情况下
面对一个铁墩子
你一锤我一锤才能打响一把剑的声音
假装轻而易举，把故事锤成

我的腹稿

我要等原创的风声，复制下来
在门口的江里
翻版倒影
微词在绵绵秋雨里洗净
我要记些时光的闲言碎语
等名声大些，我要用“封口费”作笔名
发表不当头条，好风光一时
那些剩下的秋风一直是我的腹稿
而随风的落花不是无情物，是我临时的败笔
不会连累写诗的汉字

青春被辜负在其中的一节车厢里

皱巴巴的生活是真实的，不要琢磨别人
幸福是门技术，爱情是一门课
修行藏起来，时运短
是时间问题，查良心，是查不到的
消息来源不明，真相是药量，慢慢习惯
时光列车咔咔咔咔地拉着我的行李箱
青春被辜负在其中的一节车厢里，我明白
人生最终通往的都是绝路，乘过的苦
和应该寄出去的欲望，没有一个准确的地址
贴上善良的邮票，兑换上所有光阴的面值
也寄不到私心的天堂

感悟

给面子送去浅薄的世俗
我假装斯文
拿一只有年头的杯子盛满爱
端着，写意苦短的感悟

我只用一种方言
混在城市里，沿街慢走下去
我明白西装怕皱
而笔挺的民间都失真

住在黄浦江旁，不谙世事的江水
喊着我不断奔流的私心
远去的每一段故事
不知道会经历在哪一个码头

年份

重新调整姿势，目标前进的方式不少
缠身的目标不再新鲜
老话不说出来，在藏起来的年份里
青春都无法再版，酒却越来越香

用旧了的投石，我不拿来问路用
我脚下的每一步已经躲过了浅坑
备下的挫折，是途中的粮草
做一个善良的过客，我行走在快乐的彼岸
借萤火虫的光，照亮前行的勇气

净身是尘世的谎言，都有裸露的观念
是废弃的墓碑上的文字
死是精神上的，不能尝试
只有一次机会，契约是老天签的

所有修行的目的在于让步

面对漫长的生活
所有证词都是分明的
陷阱密布

你看见的伤害
都是陈年的往事
别让痛苦等得太久了
养成寂寞的习惯
足够抵抗外界的现实

只要信心在，再长的夜路
也不会遇上鬼的
只要放下光阴的屠刀
能立地就能成佛

这些比喻都是肤浅的
所有修行的目的在于让步
净一次身
在城市里又会弄脏一次

沿着自己的方向
高楼大厦面对故乡的大山都太矮
而江里的浪潮足够掩护体内的波澜

人生版图划分的里程
放在诗歌里
我愿意用被生活揉搓过的词语
以长短的方式
表述

今夜的风半推半就

今夜的风半推半就
在厚厚的月光下，风里有酒的故事
挨着爱情挨着故乡

喝一杯再喝一杯
静心学习醉后的忧愁太浅
烦恼的成绩也不深

忽略的辛酸苦楚已深居异地
群山还在环抱我的小情怀
爬上峰峦这个词
我想续写一场秋雨

让雨的声音悄然立于瓯江旁
我不敢喊一声叹息
一出声怕有往事落水

被石头压着的悄悄话，风翻不动

风雨兼程地走过去了许多的故事
在飘摇的路上深深的脚印里有隐喻
我的耐心十足，灵犀相通的话
会像阳光一样温暖
照着万物就会生长出甜言蜜语

而锋利的词用来写诗或许会疼
所有风翻动的爱情
被石头压着的悄悄话会翻不动

岁月只要收获了沧桑
后面，也许有机会赢取新的沧桑
因果的路都很长
我要把后路留给自己近一点

玫瑰花挤在幸福的地方，生米煮熟了
也不一定就是你的人
时代千里迢迢证明风的执着

我放下的目标仿佛像
落在街道两旁的梧桐树叶

风随时都能
用一阵声音推着另一阵
席卷剩下的，我的生活讲述
把波澜不惊的生活吹高再望远一点

我的孤独太新

我的孤独太新
我要向命运倾斜
从好的角度出发
放稳
一首需要生活的磨砺
才能理解的诗

我写下的旧山，都爬过
写下的旧河，都游过
文字来源于
空灵的风
吹散了我心里的委屈

一把吉他
够我弹唱一段比瓯江短些的心事
漏洞百出的谎言
写成歌词
揪住我

在无遮无拦的天空下
我要站上高高的悬崖上眺望
在世俗里起落的太阳
让嫉妒的人都不遇灿烂的天涯

素颜的话

一句歌词填在风里，像填在囤积的谎言里
赶路人无视一条江的奔涌，无视一个远去的身影
眷写在笑容上，灵气十足，心怀不轨
企图通过爱情，用孤独玩半壁思想

恩爱悬空，相思病入膏肓，苦味心知肚明
素颜的话比较真实，被一卷春风记下
欲望重过理性的日子，感情在旧纸堆里
每一笔构思的过程被文字挥霍

幸福是穷的漏洞，悄悄话多余
贫困的恋爱故事都半途而废
字斟句酌的情书完全布不了局

成本低廉的日子，有豪情满怀
憧憬的华丽也难以转身
潦草把握机会
获得细腻的爱情故事，也会获得里面的疼

岁月磨破的伤口，不会疼痛

人都是死要面子的
有空就想着
去梦的路边摊开自己

枯掉一束爱情
其实只要一个下午
你预测做成一个老板
需要多少谎言

我不蒙面
有些善良在口袋之外
有些幸福在原理之外
有些身体在纯洁之外

有些自由在门的门外
还有些语言
是一部文字的锁

有些岁月磨破的伤口

是一套完整的财富

存储起来

一生也不会疼痛

复习闲愁

趁邪念还在，挽些物语
系住我的向往，免得理想太大
别让努力争取来一把憔悴
我看见枝叶忏悔时，花朵落下

我还看见雨怀才时，遇上了良风
我想阳光的谦虚是会散去的
我从容的微笑已经积尘
始终擦不干净良心的表面

我现在夜深时常常复习闲愁
我的动作会露出破绽
等待过年辞了旧岁
我要仰望坐在天上的祖先牌位
不用磕头，我举目纳福

英雄

思想在悬崖峭壁上凿开
秘密的问题蜿蜒在高处俯瞰岩石
有些话悬空，离边缘近，你怕不怕
风独辟蹊径，吹散

人生的栈道上有一场意外
你敢不敢一直走下去
孤悬着的思念落在路上

在月光照过的门外的石板上长满了青苔
踩上去会很滑，真理也会滑倒
你看夜晚的星星惟妙惟肖，闪闪的
那是死去的英雄的表达

宿命

内外都有功利的一面，善恶兼修
浮躁并非不好，激情的道法更自然一些
我喜欢成败兼济不计得失

君子爱财我已经学会取之
有道是小人得志，只要是好酒一样香飘四溢
德是口号，售卖较难
推杯换盏都能拉近一只空杯的距离

我是从高山流水的地方出来的
浪迹许多年后
不论远近，所有的付出变得越来越宽容
我已经历千难万险终于做成俗人

高雅掺水放进酒里肯定太淡
后劲很轻
压不住江湖的浪，我在城市的街头混走
早已习惯面对万家的灯火

闯荡是少年干的事，我不闯荡了
今天我不需要用完整的豪情
泪流满面不一定是真情
成功前的失败都井然有序

我知道光靠有热血写不好传奇
断肠人是一句虚假的大话
现在的世道变了，不可同日而语

拿孤独玩更能成些大事
不断进步是瘾的别称
我无能为力的时候会借口说是宿命

我的船装过较轻的邪念

总会有不利的流年的，存些善良
放在需要过桥的地方
我相信桥下的流水会同意放下汹涌

我的船装过较轻的邪念，漂泊的吃水线不深
帆布没有记下狂风的语言
我缓慢前行的原因已经遗忘

我是一个淡定从容的人
摸过的恩怨纠葛已经被江水洗净
把假的千言万语汇成河流

我看见淹没的真理一声不响
像沉底的石头
除了足够硬，不会在意在江面上
被风雨提及真实的波浪

沿途经过的思念都是病句

谎言是善意的工具
假的内容在城市和乡下一样好用
制造舆论导向的影响通常比风还要快
我假装相信每一句简单的道理

接下来我想知道风的地址
聆听落叶悠扬的飘荡
配一首我写的新诗

在手机里写下的文字
修改完长夜
把月亮的光照在网上

故乡是一笔账
算到大年初一也算不完
沿途经过的思念都是病句
铺开了写也改不过来

我的痛填在做买卖的路上
合同里投下的阴影
有灰
善良躲藏在高额的口袋里

江里的月光

我在岸边看着泱泱的江水
突然想起当年

远方的怀念在
外滩的石板路上溢出

我的情绪里满满的
隐入铁桥的平静

等白玉兰落成一片的那天
我也不会去打捞

让我读一下夜空
读一下星星的博文
读一下老旧的地点
读一下风写的歌词

江的平凡涛声
挟着的不是绮丽的足迹

啜泣是雨的语言
含着我的柔情

江飘过的地方
带着我的青春
我的理想

在裸着的蔷薇丛里
歌声在浅浅的回忆中
洒满一地

我答应过早晨的太阳
绕过江边的游椅

我不会到夜里去打捞
吹落的
那些故乡的月光

寂寞的抄袭

我不是吃黄浦江的风长大的
花的都是便宜的寂寞

光阴土豪似的
转眼青春都快花完了

不管愿不愿意
苦闷是一页虚掩的门

原版的都市生活
整理不了我慷慨的蹉跎

好在院子里的草抄袭了故乡的草
春风也抄袭了故乡的春风

想用一等的寂寞来写诗

想用一等的寂寞来写诗
写不出有影响的
又不敢去上海的外滩裸奔

愿让语言勇敢一次
却不舍把名利放下
被包围在有限的勇气里

等下辈子，这是一句鬼话
哪有下辈子，都是世俗里局部的谎言
没干过坏事，修桥修路没用

写诗是种痒病，借些夜风翻遍了
后悔药，《本草纲目》一书中没有记载
而版面上，到处都是治相思病的偏方

缠绵的字

月亮是古人装在夜空上的灯
一直照到现在
照到故乡的长夜里

照着诗句的肥瘦
屋檐下不用同样的笔
我只用手机写着窗外的雨声

让雨不停地下着
下成江南的烟雨蒙蒙
淋湿我的春秋

我要多写一些页码
让文字一粒粒种在门外
我静静地坐在椅子上
慢慢地翻

读书人的清高
记录到了寂寞的日子里

有我旧的影子
落在新的石板路上

我一步一步地走着
走一步数一步
数着缠绵的字

练习善良

等一些名利，等尘缘里的行程
不取走一路上光芒的记录
乾坤定下来的背景，掠过我的跋涉

万物的影子有预言，天空的祥云
匆忙的过去，我来不及许愿
生死有命，劫数一向顽固

我常常练习善良
习惯坐立于危险的地方
在人群里穿梭自如

风议论过草的执着

山是我耗尽童年的地方
一棵草一样
拔走的故事里
有部分的内容被城市再次发芽
获得的疯长从不靠松土

借过的风还在
原来的山脚下吹
吹到峰顶的树梢上

我找些合适的心事
用摇一摇的词语
长在树叶里
所有刮响的声音都不是胡说的

我一直想虚伪一次
像山泉水的流淌
从一个高度往一个又一个低处表达

若无其事的鸟鸣声
从一座山传到另一座山
每一句都藏着飞翔的理想

我没有想过
来生，这个词是谁发明的谎言
我相信
誓言种下了也不一定能长成树

河边的石头是水放养的
树根是泥土的束缚
我在牛背上憧憬过一个少年的向往

风议论过草的执着
而阳光的包容
留下一些美好的阴影
供我细数每一段过往的路途

每公里都在得寸进尺

把风光带上
走些近路
每公里都在得寸进尺

到了这一步的同时
无论多远
立场是坚定地走

命中注定的风声都不响
传说中的坎坷
一路上，每一步都有深浅

不断地计算地位的高低
在人生过程的短处
去寻找曲折的正确解读

答案止步不前时
可以推倒重写

但绝不走回头路

选择用脚填下崎岖的命题
想要的词
字典里却没有

刻意省掉的涛声

刻意省掉的涛声，在门口的江里一样可以
忘记
别相信，节选的污点江水能洗

干净的心思
在细腻的笔触下，有柔软的一面
句号的光滑，只能结束一时
会紧接着后面逗号的迷途

短路上，临摹了鸟语，花香依旧失真
我拓印下故乡的风
飘零的
是心里的春天

我不砸心里的阴影

不用备上春风，余生较远
该吹走的
就让凋零地吹走

途中的天气
不要预报
有故事的长亭可以慢慢讲

也不打听雨的消息
简短的理由
有充足的脚印能适应泥泞

度过磨难的日子
顺势而言
我要放下手中的石头

我不砸
心里的阴影

该拔的钉子我会选择

打得更深一点

脸上的笑容

道理都懂，一直走，总有些脚印是败笔
时光绣好的皱纹

每一条都是写实的线描
记录你的深刻

你只要站直了
就会有良好的立场

用脸上的笑容，在尘世间装扮
戏里戏外
大把收获名利

得失所在
方便多藏一些好事

答案在脚下

我追求山路的品位
都有陡峭的成色
好藐视崎岖

不放在眼里的峭壁
耸立着思考
我于悬崖边缘试探勇气

峰峦叠嶂像道试题
答案在脚下
每登上一步，都不需要解读

松树林是满分的卷面
遍野的草
是时光的插叙

迷失在弯弯绕绕的山泉里

闲言碎语

城市里的江，越看越像图中的江湖
每一朵浪花
都是替身

大街小巷走漏的闲言碎语
脚步太快
问道的时候
会忘词

好消息通常传不到江的对岸
岁月那么长
努力不努力都抄写不完
烦心事

人间的烟火

走过古镇青石板铺成的路，走过的旧伤
在绵绵情意的足下
有缠绵的风声

时光匆匆，离去的疼
是补丁
记在桃花下的爱情故事里

讲解破碎的爱，只有伤是省下的笔画
每一笔
在写道的流水里，没有落花的理由

需要替幸福的简介
画成复杂的模样
来说明一下人间的烟火

我要避开地位

我不担心被时光写进平凡的剧本
经历剪辑过的事
放在视频里

在线的朋友都可以看
不用评论，我没有所谓的江山
我宁愿错过桃花开出的修辞

爱情的笔墨有意
写上温暖的句子
抵达的码头
目的性太浅，我要避开地位

我的船桨如尺子
量一量秋风和我的前程
有多少落叶、曲线和波浪
才过得好明天

清零

打印一张自拍的照片
把装笑的情感
不拿字眼
记在镜框里

不是为了提醒自己
写诗和不写诗的
将来被剩下名字的人太少

如果民间口口相传还有一句
你写的
不要高兴，那时你是不知道的

记忆在天堂
都是要清零的
在人间的纸刊上
图书馆里

被无意间翻到

只能说世上还有你生命的散件

我的时光都是正版的

岁月如梭，静好的时光总是短暂
过去的事，越来越远
远在风口下

我从容等待，走尽脚下的伤心地
难过的时候
不计较门外瓯江的浪小

后来在城市里，好下手的机会
我学会了下手轻一点
去抓住应该抓住的

一路走过了较少的遗憾，近一步才明白
我的时光都是正版的
过一天算一天

我不绕道

经历留下的伤口，时间是良药
不用治，苦够就行

守住底线就守住了内心深处的宁静
我不绕道
浮生都是片刻的停留

我要捡些早年的失落
走运时，不靠路标
来指认我的善良

世俗眼光下的深浅

多年通往难处的方向
每前进一步
都在举足修行，认识伤感的轻重

院子里的竹影摇曳
百合花盛开
我在岁月里慢慢耗尽了所有的烦恼

当初做的傻事
如刀的锋芒外露，零星的后悔
已锈，发呆的时候想想

瓯江边，望西大桥下的沉浮，我体会
世俗眼光下的深浅，随便由浪涛虚构事实
证明水的凶险

把心事放下

把心事放下，有多少斤就放多少斤
过去的事就别称了

约多少重
才不会压垮自己的勇气
积下的信心

是剩下的
石台阶
向上的姿势躲得了额外的失落

不编故事

我不在文字的标点符号里埋伏
该省就省，省掉诗句后面的

写诗，不编故事
在停顿过的旧址上分行
想象一些废话

用部分口语
表达
人生感悟的中转

时间是有效的疗程

溪水是大山脱稿的发言
每一滴水的善意
都奔赴在崎岖的功课里

伤害到的，要把疼痛留下
煎一锅瓯江里的浪花
深刻食补

时间是有效的疗程
而刀是铁的代言
伤得越深，分量越重

底线

躲过了路上的每一个坎
也会有新的

风声是你的劫
可以用来记录
情债

你要的感情，不得当
就会踩空
做人的底线

沉浮

不用船来运，时光不重
瓯江水做事有度
会把握住涛声的分寸

只要以工笔的方式画好帆
风力会在
渡过难关与挫折之间

以水的角度向前推动
我已经学会了深与浅的道理
捞一把情感的沉浮

一块石头

捡起一块石头，投进一个池塘
石头能不能将悲伤一起
消失在水底，我并不在意

水花飞溅
像是对往事的歌颂
一块石头
是落地的哲理

情伤

地址没变，人心变了
会丢失自己

在低处时，可以仰望
别人的蛋糕，我的刀不切

我也不代疼
你的情伤

省下的弯路

不需要一座靠山，城市的套路是归宿
等干净的手攒够钱
就可以掏空
心事

窗外的鸟鸣都是用普通话唱的
如同每天都喊话日出
我从省下的弯路
看别人的坦途和走散的爱情

现在匆忙的人
都想抄近道写幸福的作业
有时候捷径更远

背后一套深埋心底

不怕万一，我的信心一直都在
坚持己见，口说的和立据一样，不怕无凭
我的思想高度越来越低
我从不喜欢问别人的短处

走惯了寻常路，在街头偶遇故事
也不在巷尾闲话别人
眼里不放贫贱
选方有朋友来，一坛酒只会放倒自己

扶墙走的时候
封口费无效
尽说大话，虚实之间
有问题归纳为戏言

隔夜醒来基本全忘了
没有二心
当面一套好话说尽，面子尽失
背后一套深埋心底

不做翻墙的壮志

我私心不重，通往名利的路途太远
体内有春风，我深信会有一片阳光下的草原
野花种在诗歌里，遍地是金句
该让的灿烂，时刻重现，不平事常有

有些剧情真是令人愤慨，我也压住义气
正言如一把未开封的龙泉宝剑
光有剑灵，无法杀入城府
我涉世太浅，不做翻墙的壮志

留住豪情满怀，期待接受纸上的残酷
笔不如刀，割不断签下的前程
我常常带着青瓷瓶装的陈酒
越喝越是新愁不断

当年瓯江水太清，文明不够浑浊
我只能背井离乡
来到黄浦江边用想象力摸鱼
得手的日子，在思念的月光下走运

理想的浅处

思想的木栅栏，会围住自己奔腾的想法
心里的牧场，根本放养不了一匹野马
院子里的箩筐装段子
随时可以装满风声

少年时代我真真假假写作事迹就上过报纸
而我愿意做一下商人的测试题
匆匆放笔，和放下打下良好虚荣心的草稿
才发现外面的天地，比坐井看到的大太多

在抵达城市的现实面前，比美女开叉的领口
有更多层次显示的真相
正是理想的浅处
表达出来世俗的高度，修改了我

都明白乡愁是编的

月亮长得像
微信里流行的错别字，都明白乡愁是编的
在家书作废的当下

慢日子已经一去不复返
过中秋节的文友，纷纷将唐诗里的苦水
咽进新诗

模仿细雨，独坐窗前刷着手机
读尘世的喧嚣，依然
思念一词被文笔反复糟蹋

圆字的说明书上
月亮有时会用弯与缺来证明
悲喜的岁月

校对一下春风

土地是稿纸，我就想
迎接所有百花盛开的喜悦
春天已然成葱茏的段落

在辽阔的版面上
我能落笔的每一页幸福
分量足够

我要校对一下春风
吹散躲在字里的惆怅
让我的心思长在绿绿的草坪上

每一个抵达的岸，都有龙泉山的水印

我的瓯江
是一条水的典故
沿着山
弯弯曲曲进入远方的海

弯弯曲曲地编入
波涛的史记
我站在码头上等
带桨的船

等装满一部江的故事
全写进海的小说里
里面的尘世纷扰依旧
有汹涌

兴风作浪的词，一直
漂泊无定
好在每一个抵达的岸
都有龙泉山的水印

论事

修好一行泥泞的前程
需要多少次滑倒
才能留下脚印的深刻

时间会收起落花时节的等待
论事
用一段轻风细雨就够了

我要私藏几声蛙鸣
打在窗棂上
让灯光镀下故乡的夜色

得失

出卖就出卖自己的叹息
得失都有因果
成败与否都需要足够的挫折

在春天，有
安慰花期的理由
就要保持微笑

你应该认可所有欠下的
春天的新账
及时记在风里

时间到了，要一阵一阵还
大雨的
滂沱

风拆开每一页春天的世俗

流水账
记下流水的无情
在时间差里
总会有一朵有意的落花
成为你的过客

风拆开每一页春天的世俗
散落零星的部分都是
多余的话

一句一句地捡起
低处的哲学
种子一样等
果实成熟的农谚

拔节是土地流转的一部分表白
萤火虫的光一样
越黑越有诗意的闪烁

终究会有一盏灯亮起

在城市里，被身外的万物缠身
岁月的刀锋锈在了赶路的风里
每一公里都有旧痛在体内磨擦

一块块指示牌写满了各种故事的章节
开篇总是原谅每次夕阳落下的雨
偶然散落一地，是你贮藏上好的绝望
这些瘦下来的念头，在十字路口早已失联

用一次，就没有机会获得精美的泪水
湿淋淋的也不可能救世于江湖
任何跳河的姿势很笨，你扑通的声音都太重

苦难只是一个短暂而苗条的过客，行走
就要抵达终点的现场，再黑的夜
也终究会有一盏灯亮起，来认领你的光芒

我愿意

每一段失败，我都不利用叹息注音
脚印是路的留白

在我泥泞的备案里
一直在洞察漫漫的前程

也许幸福大全里，爱情是最好的后记
所有的前言都是付出的

每天的夜色下，灯是我思念的索引
参考月亮的圆缺为正文
整理着心里的寂寞

我允许每一寸阳光随便阅读我的门前屋后
我也允许每一片落叶飘进诗里
成为我纷飞的词语

我更愿意，每天细听鸟鸣的一声声质问
花香的祝福

弯月你想锻直它

夜空宽如一条两岸长流的江
浪推着心里装满了思念的船
盼望着，航来航去却靠不了岸

痛苦里也有很多美好的形状
在日子里面读遍
老家那父亲的背影
母亲那凝视成茧的目光

你踏过童年的记忆
少年的荒废了的澎湃汹涌的激情
碰撞在岸边蔓延开来
把心存放在漆黑的院子里生出念头

弯月，你想锻直它，测一下
江的深浅
你喜欢谛听江水奔流不息的声音
声音里有父亲的

只有儿子能听得懂的话
还有母亲的地地道道的方言

花出去的光阴

拿用旧了的虚荣，翻新自己
堆砌一些词
在院子里拱出一首春风

吹，一阵又一阵也没吹到封底
如世外桃源的鸟鸣
摇曳在虚构的枝头，盼着长成封面

那些虚度的藤不锯掉了，编故事用
花出去的光阴已经入不敷出
省下的快乐捉襟见肘

别拿爱情勾兑家酿的一缸米酒
喝下一杯，故乡已是口袋里的鸿沟
醉，放得下一个口音，拿酒香来清洗
溢出的思念，全挂于手上的杯口

生活

婚姻就像垒砌的墙，高过身体
栖满了一块一块的红尘
低处是磅礴的世俗

光芒举起爱情的影子
拿原版的生活翻印
一屋安身立命的油盐米醋

你酸甜苦辣的痛
根本搬不空一个家
粗茶淡饭才最接近你的幸福

我要做一个俗人

我不拒功利，容虚伪，纳浮名
我要做一俗人，有红尘的品质
不坐一把圣贤的交椅

面对沧海桑田不言侠义心肠
我的豪情壮志无序，保持虚拟与现实的差距

我的宿命里已寂寞成瘾
不做一个沦落人，在时光的旧址
是我唯一的天涯

有些事

被称为诗人，有多少人是自封的
历史不会证明
用过的修辞手段
并不比做买卖的手段难

有些事，如一首诗更像一根烟
烟蒂扔在地上
踩上一脚
作为精神的享受

可惜我不抽烟
感受是我凭空想象的
想象孤独的样子
想象熄灭的烟头

盗版的风声

酒量差，一段感情，在一杯酒里
貌似深不可测
能被爱撕开的伤口，就能愈合
不浅的话题
我有原创的傻，与风流人物无关
紧要的事，不是盗版的风声
故事与才气联手一起编
等空杯的时候，想想纸醉金迷的能力
小酌微醺后，续上怡情养性
我要做文字，在刚写的诗里深入浅出
拥有软肋，有些话真的很难缠绵
坑在暗处，一步一步都踩到过我的浅薄

夜的剪影里有光

把思念嫁接在院子里的石榴树上
我每天日结蹉跎的光阴
虚度一时，想兼职不赚钱，散养天上的星星

我知道，夜的剪影里有光
也照抄不了故乡的明月
星星，照搬过来的光芒都是故乡的样本

门口绽放的玫瑰花，铺张的排场不够
我的蓝图里没有山间的野性

没有蛙鸣一片和蝉鸣阵阵
只有清晨的鸟鸣，如心里的叹息

漂泊是我的宿命

我的理想较小，漂泊是我的宿命
走进上海，我才明白街头拥挤是特点
命运的辞典里全是
奋斗的情节

商业的微笑是不单纯的，为了钱，正常
大街的繁华落不尽
走过的地段仿佛都是璀璨的封面

或许在夜晚，才能数清楚有多少乡愁
在黎明破晓前
写在一纸努力的契约里

坐在办公室，通常精神财富有限
欲望是无限的，物质时代
在不停的流量里

奇迹时刻发生在网络上
红绿灯一样

每天在十字路口选择
前进或者等待

我要过滤掉所有的结

在长夜漫漫，想尽一条长路
于灯下造短语
赶在黎明前的一刻

我要过滤掉所有的结
钝化疼痛

把积攒下来的一些善良
按年份顺序
封坛起来，酒一样

经年，再打开
坛酒是诗，坐等温酒吹牛的一天
单调地喝

醉在线装的古文里
释义
我陈年的句子

涉世

在院子里煮茶
我喜欢和天地闲扯淡
正好打磨一下时光，用想象
加两段感情和一线希望

内伤压下的暗疾，重不过一句
动听的话
像一朵芙蓉花
带走，走过春秋去涉世

悟《庄子》《老子》
忘情
在人间烟火里参禅

而现在
虚度是一根绳子
根本捆不住我碌碌无为的挣扎

迷路

如果人生是一部电影的话
我愿意
做一个配角

在世故中
圆滑地处事

在迷路时
短暂地
忘记小时候背过的唐诗

再走平仄的坡路
我要远离意境的深远

每一句都有另一句的借口

随风飘散的心思，细腻的笔触勾勒不了
春风依旧没有温柔的口供
在阳光下慢慢消失
一些大话

辜负一笔账
存放在爱情的禁区里
洗白一些诺言
使每一句都有另一句的借口

对冲
大小的恩怨
只够撕一块伤口，留下另一块

躲过绝望
和剥皮的信誉
碾压在街尾附近，走旧昨天的单纯
再走老一节新路

不用字做暗器

能宽恕的我都会宽恕
我在摹拟善良，对坏事沉默不语
锉削锋利的棱角，磨平信心
不用字做暗器，不留秘密
我要存些做事的余地
锤打烧红的名利，在网络上淬火
我要积蓄欲望，悄悄藏遁虚构的苦心
琢磨自己
用落日的光环照耀前程
我会省去远大的志向
在风光一时后
不用破损的一面，也不用新伤的疼
来喊一声

解药

伤筋动骨的爱情
一把新鲜的草药治不了
一条旧病根

有多少潦草的挣扎写在心里
我想，一句话能相告的
就别反复说

在失意的桃树下
别被一朵玫瑰比喻

爱情虚拟的现实
是体内录下的一声叹息

练习另一场恋爱
才是一粒疼痛的解药

任由思念的绿藤攀爬

等着复习新年
从掌纹里看见的命运
一根一根的线
算命的盲人才摸得准你的傻
瞎说你的来年

相信是陈年的新事
做旧的祝福语
依然可以翻新家乡的明月
照在旧屋里
任由思念的绿藤攀爬

如写春联一样，字字斟酌再三
也有红灯笼下的追问
夜里想起的
自说自话的表达留在上海的门前

睡在院子里的草是从故乡移栽的
那是治相思病的秘方

在大年夜的时候
不用口服也会有乡愁的药效

秋风只会解答落叶的飘零

秋雨打湿的文字
可以虚构秋风瞎写的事实
一撇一捺故意写错生活的标题
我会存储酸甜苦辣的答案
去熬过好时光
做正确的作业，用苦难的复习资料
翻阅落日，在月光下晒水性杨花的乡愁
涂改思念与牵挂
用大小的深情告白
秋天里会记下高仿的美
不改，写过的风声
用秋色的俗气
填，看似茂盛的履历
我知道，秋风只会解答落叶的飘零
秋风不是钥匙
打不开人为锁上的思想和心机

后悔药配制的门槛高

栖于枝上的花朵，终究会落在路上
夜如一块黑色的幕布，特别明白，过往的光
是星星撒下的网，照抄思念和忧伤
光阴太忙，从来不赊别人的一份幸福
现在的雨反复淋，也洗不掉心里的阴影
需要一声雷的消息招呼一下
后悔药配制的门槛高
第一步就跨不过剩余的疤
理论上来说，新伤不可以遮盖旧痕
凋零的落叶，秋风都给予了免费的代言
枯枝上本来就托不住
和落叶雷同的叹息
日积月累的虚心要夹在《易经》里
算一卦，认作命里注定的识别码
做一次局，来甄别自己的宿命

光阴可以一路拐弯

书生的笔担当不了一场酒肉的生活
光阴可以一路拐弯
抹角的时候做一些力所能及的停留

靠吃粗茶淡饭增长想象力
不喝勾兑的白酒写吃力的诗
一坛一坛倒满
也不掏心窝子瞎说

酒话辗转于版面上
每一步都推推搡搡地分行
从北到南穿越从东到西
错过财富的天机

经过挫折的停顿
隔墙吟着淡淡的惆怅
让坐怀的文字
全乱

离开风流的偏见远一点
桃花运
也许是梨花托付的

不足的地方
是一次次的凋零
花香的构思都开得漫不经心

记在春风里

在山里存下的童年
记在春风里
有春风的地方就会吹拂到我的笑脸

每当路过挫折
遇见时光的主峰都比月亮矮
在异乡的夜里我只专心致志地想念

我会在心里默默地做加法
加到的高度
不以海拔为单位计算我的乡愁

低处仰望的是我的青春
年华似水
自瓯江里流入大海
到春暖花开的时节

将在外奔波的广告词
扛进文化的主页

一行一行先后前往
排列挺身而出的寂寞

寂寞的修辞

记下一册情感的纠葛
不知道够不够读一条岁月的长河

也许要喝够散装的酒
杯子才会在断章之间
得到一个句点

在失恋用过的语法上
不用分谓语宾语

寂寞的修辞
懂得日月如梭

风中的语言

路上的石头
是绊脚石的绝句
跌倒一次
就有机会学会人生的格律

走遍天下不留泥泞的余地
脚印低调奢华地享受
漫无目的的体验

风中的语言
需要雨里面的内容
才能精选彩虹

做一个容易的人

以碌碌无为的境界
养成虚度的习惯
不守忙碌的日子做一个容易的人

面对山水
随便找个地方发呆
竹林里，小溪旁，山坡上都可以

闲谈一只鸟，一棵树，一株草
任日月蹉跎
躲在角落里看天地

做一个不奔波的过客
不推敲不琢磨命中注定的前途
把闲置的信心，放入流年里直到用完

仿佛付出就像一棵树苗

我是从山里来的
发现再矮的山也高过
上海所有的楼

城市里收获的挫折都是途经幸福的线路
时间从不考验回报
仿佛付出就像一棵树苗

暗语

非虚构的写在诗里
用尽朦胧的字

每一笔必须要潦草
书法一样

以看不懂为掩护
当面一套留给
背后一套

躲过城市里的热词
排行榜上的风声一过

依旧以现代的画法
借口说唐诗的深刻直白

印象是酒后的醉意
有毛笔的分寸
有落下的暗语

装裱好的夜太黑了

日夜兼程的思念
是一辆老爷车
永远坏在半路上

画过的里程
一直被自己的脚临摹着
装裱好的夜太黑了

月亮是不出售光的
而免费的乡愁
用一生一世也无法回购

泥泞

用三分技巧
把七分感情装进心里
走弯路

走弯岁月的直线
在人生的苦短处
会遇到更多的弯

每一个目的地
都有脚印组成的泥泞
经过一段旅程

奔波在平凡的日子里
不断修改
着重寄望收获风雨

留下疤痕在诗歌作品上
允许用词不当

会导致出现新鲜的漏洞

用孤独堵上
用文火熬到十分寂寞
尝尝心酸

等滋味浓郁
遣词时放盐，造句时放醋
斤两得当
把握分毫的时机写下作弊的答案

风不识字，读到太多的危险

门口的江有才
雨生病了所有的病历都是风写的
江常常会发作

洪水淹没的地方不认好人坏人
赴约的路上特别汹涌
温柔在词典里
翻成茧的内容解析不了
追赶的风

水下潜藏的暗疾纠缠着
淹没了的故事就撤不回了
每一篇传播起来都是要命的
活着停顿在避风的港湾里

死结的悲哀
像一把逼疯的刀尖

困境如同乱石穿行

一块一块地吹乱

一夜之间用旧了的风摇曳着

大地的悲悯

一去不复返的风摸过我的伤痕

我醒悟的路太远了
走过了那么多的地方才越来越明白
叽喳的鸟语在窗台上告诉我
花香的秘密

所有缠绵悱恻的事
在一地的风尘里留下反省
我印象深刻的体会
在狗尾巴草毛茸茸的展示里
我静听到旷野的风

情思摇曳着我的青春岁月
已经不需要太闲的纪念
给我停息
我仍然相信走过的道路上
有一去不复返的风摸过我的伤痕
我会收集过去的声音，并且记下

故乡

时间过得太快
伤感的事都悄悄得消失
就算慢一些也没关系

归途的短路我不会去走了
异乡的路都较长
我走着走着就走成了故乡

我故意错过花期

拿着书本，拿着手机，我常常行走于江湖
我不是故意的，我不是侠客
现代英雄传里也没有我的章回
风起晚了，已经赶不上我故意错过的花期

我是有江山的人，我的故乡随身深藏心底
我在少年时爬过的山都还在原地
我去过的地方太多
每一条江河湖泊抵达的都是我的祖国

知道故乡是江山里的一个标点
是月亮随时都能看见的人间
我的时间里布满了新旧交替的思念
太阳是遥远的语言
照耀着我的诉说

我的红尘

我刚来上海的时候，趁着夜的黑
在一个不起眼的角落肆无忌惮地
往黄浦江里撒了一泡尿

江水毫无顾忌依然浑浊，我尿的姿势
是少年时期在家乡的临摹
江里的浪花缺少拍打，风无力

外滩夜景里的笑谈很轻
尿到江里了，江水就融入了我的红尘
凌厉的磨难就变成了磨刀石
每一笔的刀锋越磨越快，仿佛能穿风

过了一年我就在离江边很近的地方
买下了一套小小的住房
每天看我撒过尿的江水绵延不绝

我承认每一天都不够淡泊

我没有承受过月光肆无忌惮的伤害
夜并不是乡愁的距离
在城市里，我的微笑逼真

有时候，仿佛宁静的夜
在寻衅滋事

那些弯月是我写思念的偏旁
途经流逝的日子

往后的长路
我要删去沧桑
我相信所有的苦海一定会有边

我承认每一天都不够淡泊
我喜欢用名利缠身
从小桥流水
走过江山万里

漂泊路上，我经历了左边的一些悔恨
再利用右边来糊涂自己

整理笔记

事物本身并不复杂
我的简单做法
像三月窗外的桃花
盼着落下的
不是春风的归路

在院子里晒太阳
多久才能证明心里的阴影
读闲书，不做一页手脚
整理笔记

春雨的内容
等待一场简约的风
搬离体内的忧伤
搬走石头一样

压住凭空想象的心事
在纸上重版

一些秘密

轻的放在诗里

编一场风

编一场风，刮成朴实的比喻
从第一个字开始
呼唤

一册日记藏下了
坐实的头条
文章的磨痕里
会读到

一个迎风者手里的石头
扔进一条江
直到最后一个动词
溅起的水花

以飞翔的想象方式
告别失望的过去

相遇总是如短暂的花开

该过去的一切都会过去
比如一次哭泣
比如一些琐碎的念头
相遇总是如短暂的花开

停留片刻
从一顿酒到一句大话
勇气从心里期待
尘世的实现

不为难理想
在时光里找出新的角度

我不愿意直接做题做到问心无愧

2022年第一天
吹着新版的风，忧虑太远
我就近想到的一个字
隔着另一个字

允许想象的幸福
记在诗里
面对任何阻力
可以左拐或者右拐

我不愿意直接做题做到问心无愧
拿走疼痛的部分
黑暗里
光明正大有充分的理由

有约在先的词里
那寂寞的尽头
比天涯近

敷衍的话题是海角天边的晚霞

对比着光阴的短暂

折叠好的旧时光

等待一条江的断流
就别等了
有数不胜数的难处

不做一个沿江的赶路的人
折叠好的旧时光
不是压过单纯爱情的被单
抖不开褶皱的忧伤

快乐的部分写在心里
默默守护
一场花期的宣言

理解远去的江水连绵不绝

远山
近在手机上
江风摇不动昨天

江里的倒影
在渡口
没有离散的渡船

浪潮推动的正方向
旧事已至此
理解远去的江水连绵不绝

往事的目录

我没有漫长的寂寞可以写在路上
时光或许是一本虚构的病历
每一页都是不痛不痒的回忆

在路上，太阳照出的影子
是往事的目录
找不到方向时，翻看一下每一节的经历

一个个，长在第一页上的文字都较旧
不用挑
那是夜色压过的日子
风都仔细读过

我知道，生活的虚线如一条条下的雨
所以，我写诗在句尾从不放一枚标点
认为赞扬和诅咒的心意
是相通的

挨过拥挤的地铁

我曾经以为攒够失望就坐火车回家
后来居然挣到钱了
念念不忘省吃俭用的日子

原来长三角地区是很容易捡到钱的地方
从一个叫龙泉的小城市
走出来一走就走了好多年

以前每天给家里人写信
每当看到邮局都会觉得很亲切
时常寄一封信，能安抚一下心里的想念

由于挨过拥挤的地铁
现在，大城市是我心里的江湖
喜欢一个人看院子里的花开花谢

还有门前的一棵石榴树
每年结的果从来没有摘下来吃过
我过着装样子的生活

深情在内心浅处

如果能望断天涯的灯火
我愿意每天在城市的阑珊处等候
如果自带流量，演技如同次要的文字

假话面前我做了一个大多数的
沉默的一个人

像院子里的樱花树
清晨，鸟鸣吵醒我的时候
我把窗子的布帘拉开
一眼看去
看不懂樱花的沉默

凭栏拱手让出诗意的源头
深情在内心浅处
卸下

想起开心的事情不敢写到散文里
之前傻乎乎的样子

忘得差不多了

记得的
是发表在杂志上的

公开的
都不是秘密的那一页

我的心事都很轻

想开点，别在意那些世俗的偏见
心胸留出足够的空间
放下自己

从一座山到一条江
留下
深情的词语

种下希望的时间
在纸上
一个字一个字概括纠结的理想

我选择山峰也选择江水
洗净
岸上的一些谎言

在每一场风口浪尖前
我的心事都很轻
只有月光的照耀在节日里才较重

出版落叶的九月

出版落叶的九月，收拾收拾凌乱的字
夜是黑白分明的乾坤

灯光校正着我的守护
仅在一行诗句隔着一行诗句间

我要用取消的标点来
节省思想的开支

我掌握不了文字的方向
每一个都走在了情感的路线上

外省的夜空啊
我看见只有一个二手的月亮

在一手的旧风里
脱颖而出的是一页半新的思念

盲点

偶尔想起以前的日子越来越远
从一个城市到另一个城市

街上看到路灯倾斜着的光
打在爱情的背影上

我知道你的旧爱情都深埋暗伤
重新练习一些疼痛
你说光阴是刃口

从心里磨掉
需要一组风雨的温柔
刀锋才会锈

顺从天意的安排
你看到的都是
幸福的盲点

也许偶然的相遇

都算躲不过的
桃花劫

悄悄话贮藏再久
漏风的生活
不会认领

真理是身外之物

也许夜是爱情的城
黑是寂寞的颜色

每个字的疼
写下的
都是旧情的翻新

诗不言志
言情也是可以的
小说一样编出来的感动

使伪劣的幸福感
假冒春风的一百米得意
在每一尺的失望里

真理是身外之物
一步一步印好的生活
无法再版

我不研究后悔药

前路有尽头的话，我只要一段坎坷的尽头
弥漫快乐的开始，在阴影下看
没有天大的事，我写诗的理想和沙粒一样小

不必用陡峭的山路
认识悬崖
以绝壁的姿态面对险峻
幽深的活成自己

不管走过多少弯路，我也不研究后悔药
几行发表的文字就可以安慰
饥寒交迫的时候，不会有了
我珍惜每一句发表的声明

时光的欠条已经记下

美好的愿望
实现不了我理想的清单
没有关系
时光的欠条已经记下

生活的棱角真的需要磨
光滑是细腻的情感
岁月蹉跎在远去的背影上

丢失的信心
深藏不露

不必打开别人的感受
一座山，一条河都有自己的故事
或曲折或蜿蜒或起伏

等待的人往往并不在乎

只要心里有风，哪里都是春天

一颗草学习另一颗草，学成一片草原
风是临时的导师
唤醒百花的叙事文

春天，夜晚的光都是有背景的
比如影子
用缠绵悱恻的轻风
纠集思念

面对
月光下的稿纸
不用一笔一笔寂寞地跋涉
只要心里有风，哪里都是春天

黎明前，也不必涂改星星的光
苦难，如同一纸时光的租约
总有到期的一天

大自然

在黄浦江，边走边看
到处都是人
高楼大厦和老家的山一样多
只是老家的山上都是树
如果把江边的人当树看，上海也是大自然

出名

不用淡泊，从容一点，想出名
并非不好
不过传千里的大多数是坏消息

副本

在城市听鸟鸣
声音都是故乡的副本
似乎都熟悉

星辰的光也是故乡的高仿
夜风是节日剩下的
一阵又一阵寂寞的留言

秋天

想象力在秋天，诗意特别忙
我在书本内页利用瞌睡
故意错过别人的站点
夜风起时，我会试听落叶的故事

干净的伤

要伤就要伤透了

本分生活

洗内裤，做干净的自己

燃烧的宿命

火是一剂良药
玩火，就能将每一寸病根点着
供养在心里

水是它的暗疾
燃烧是一节节散装的宿命
我要留些欲望的灰烬

在赶夜路的时候
可以把光的部分取出来口服
对症每一处内伤

把半新的邪念
泡在酒里，每玩一次火
全记在爱情的账簿上
烫伤的，账目里都会有疤痕的明细

浪费里程

泼出去的时光，一再挥霍
浪费里程，浪费了也好
我是懂阴晴的人
圆缺是唐代诗人虚构的夜色

我从不借月光，练习思念
出门前，渡过的渡口
还在，我没有搁浅的心思

我一直被喜欢的词语
反复搁浅，用过的浪花
是风的传言，也许

上面的这些字眼，我总是反复
循环放入句子里，过河
每一首都有我水面上的残局

观念

黄浦江作为插图
水里滤出乡愁
被误用，浮出水面的观念

在水的边缘，要舍得
把难处省略了
忘记多余的岔路口

在坡道上等
往一门学问里走
别听水流声

腾出思想的空地
看高楼，不和山比
利用外滩的晚霞

交换心里的蔚蓝
不被世俗污染

多重的心事

也压不住凹凸的前途

蹉跎的惯性

秋天了，正在出版两本诗集
没什么动机
是蹉跎的惯性

点燃的忧虑，都烧完了
身体内部的河流
依旧有汹涌的浪涛

我会把名利的零头用掉
没被污染过的痛点
和裤兜里的秘密

把得失看淡，不装备正义
我的语言只在纸上私奔
不挡风声，也不打马赛克

我路过的坡和岭

动用了山的意境，我就会写坡和岭
山泉有清澈的筹码
我想念旧，不再翻新一些叹息

有泉水叮咚就够了，每一步都
不需要用崎岖的理由来分行
一切从坡上开始，在岭下停顿

山上的每一个高度和低点
鸟鸣啾啾啾啾，唱着无私的歌
从不掩饰体内的哀愁和高兴

而我路过的坡和岭
该留下的秘密，早晚都有路过的风
转发到远方

我不是一个高尚的人

一堆破事
砸在手里，才能套牢
写诗和挣钱
不拿比重说事

攒下一些希望，是攻略
喜欢打卡的日期，没有截止时间
我责任心弱

没有一亩三分地
收房租是旱涝保收的生活
越来越懒了

嫉妒是有效的目光
我往返在商机里
写诗，正拖低GDP
我不是一个高尚的人

我不计较所有嘲笑的成本
发表一首诗
有时候能收到按行计算的稿费

黑的雷同，就是夜色的巧合

抹黑，如果
黑的雷同，就是夜色的巧合
你看桃花盛开，月亮圆缺
也是雷同的，不针对情缘

等桃树的落叶，等一种比喻
像涉世的风声一样，误入
曲折的故事，字里
留下伤疤，作为走错的地址

如今思念里，只剩空白页
正文已删除
上好的孤独似桃花源
好坏经年，守住内心的词语

从人生的小桥上，用旧字
去写流水，想洗白
要顺着雷同的方向
不学逆流

炫耀

写一首春天的诗，得有风
得吹动心里的枝头
不能放过花蕾，绽放心情

把野草丛生起来
在院子里等待，春风一页
春雨一篇，写吧

想起的堤柳，江当版面
转载的倒影
是江水的底气，足够做好

表面文章，和天然的修辞
装饰山水的截图，发朋友圈上
翻册页一样，低调地炫耀

表白

暮色是乡愁织的黑布
作为苍茫的背景
等待，在天上镶满星星

等待，月亮在江里走光
照着，风吹起陈年的波纹
作为思念的表白

漂泊的人
心灵深处都有一条模糊的江
在傍晚的岸边，听体内的流水

允许

旅途再远
也要有一个得失的段落
每一个站台有是非
就可以短暂地记录

我有耐心熬过漫长的失望
每次
在五星级酒店写下的文字
稿费
和在小旅馆的金额是一样的

期刊上发表了
高兴一次
收到稿费又高兴一次
高兴两次是允许的

人生的借口用了太多
在码头，在渡口，心态是
每一步的难关

漂泊了这么多年

诗的肉身重新走进了旧巷
零碎的激情还有，手机是驿站
字里行间的纠葛，妥协了
我的每一句谎言都有创新

代替

做为营销的语录，每一次骂街
我都会精选
带点污渍的，和不易被封号的心里话
蹭蹭流量，擦边在线外
生活硬盘里的秘密，容量不大
我中断过多年的苦思冥想
仇恨部分都格式化了，心灵还算干净
在世俗里活着就要承认
肮脏的土壤肥沃，更好生根发芽
我诗里的字都被生活污染过
我会用省略号，省掉字的风险
用洗不干净的污点，来代替

回本

你如果剩有往日的旧痛
势必会成为诗人
独坐窗前
发呆就是诗意的境界

只要想，风也是一种语言
恍如隔日的落叶
以纷飞的美丽

表达云烟的痕迹
把烦心事留给文字来消散
才能把心事处理殆尽

再利用冷暖的感受
去试看正版的情感
把本色拿出来

别隐喻了
守住抒情的慢时光
一直写到回本的一天

扯淡

满腹怨气、狐疑、经纶、才华
都是扯淡
做人，别想都明白

值得的事很多
遇见的就先扯淡
锈铁，回炉烧一烧，打一打
就不锈了

名声在
要走很多的路
途经的都是宿命
在尘世生活一天
就要好好扯淡一天

利润

商人的戏里戏外都靠卖
压力大，有些重是卸载不了的

路线要正
就算走歪了也是一条前途

允许有曲折的小道
好起笔画好前程的地图

不用导航
走过的岁月都是绝版的利润

选一些简单的回忆
酒后说

玫瑰花也精通盛开

如果昨天的叹息，今天翻新
新鲜的愁，会堆积成病
好话不要说尽，选无疼的段落

用有伤疤的中心思想讲解
可以在伤心处停顿

等善念的新枝，和春色一道
在燕鸣的歌唱下忘怀

用桃花的片断，花言巧语
玫瑰花也精通盛开，吐芽的意愿

按照蓬勃的激情，做憧憬
以顺序来说，好话的排列
不应该去做组合，更不对比

显摆的草稿

我也有快乐的假象，秋天
散落的花瓣，是我显摆的草稿
飘零是便宜的代言
不高兴可以撕碎，不锁心思

擦肩而过的缘分，不去延续
眉头不展，就要皱起勇气
装看书的样子，随意感受

填满一些空虚，用思想的罗盘
迷失自己，把方向放下
被困的时候，不去包围
我会用句号的境界结束

我宽容体内的文字多变

诗歌的枝杈上有我快乐的挂靠
到嘴边的落叶都写下来
用陌生化的感慨

防心理衰老，绕过花朵的死结
坚持半梦、半醒
半自恋，简练心计

腾出思想的空地
潦草的思念都放在夜里
在院子的草丛里阻滞我的怨言
寂寞失守，忘记多余的岔路口

我宽容体内的文字多变
不怨恨利欲的缝隙
每一个圈套都用到实处
有半成功就好

我会留一些虚伪经商

虚荣心是一根藤蔓
没有执着的理由
往上爬是本分，春光是陪衬

用思想来磨

在故乡和高楼之间
搭桥
我在学走漫长的街道
风花雪月，把错过的机会
留给下一个站点

停在心里的石阶
有欲望的青苔
绕过网上栽种的野菊花
修正黑灯，我坐在墙角发呆
把赤裸的字用完整了

隔开满腹经纶，用足近义词
我会安分守己
把剩余的锋利
用思想来磨
用单调的动作入戏

寂寞是风声的余额

——题记：日记第109篇

今天，小雨
去银行对公柜台办事
完事后，故意走街串巷
在法国梧桐树下
看街道上零星的落叶

秋风在我心里
寂寞是风声的余额
黄浦江布局的流水
足够抵押呆账

金茂大厦、东方明珠塔下
毫无顾忌的车流密集
从我眼前如狂草，有都市的笔锋
我阅认凌厉的人潮

拥挤的私欲膨胀在纸堆里

一家店挨着一家店
翻拣世俗的攀比
我想记录的界域在分开
网页和纸上的高亢

公司名称的石刻摆在办公桌上
摆成心宽和激昂的斗志
华丽的外衣，不用多年的修辞
从语法上潦草，避开日记的章法
不去经受笔的凌乱和挣扎

虚心接受每一个陷阱

尘世的纷扰，利用好喧嚣
过后，要有浮躁的心态
多沉默
不用文字去呐喊
记录辩词

诗歌也是精神的止痛片
淹没在信息里，会有后遗症
别做精神的软件，围困自己
单文字可以泛滥

不踩名利的油门
用好刹车
虚心接受每一个陷阱
学逆流，也不去成河

宿命论

时下，也许
路灯和星星是指引，多少风
也吹不灭

人的劫数都难逃因果
我不知道世上有没有轮回
和转世

每个人内心的忏悔
死去才是高尚的解脱

修行的智慧在于傻
要忘我
石头一样的境界
安抚体内的疼与疲惫

少掂量心事
每一两轻重都是宿命

学止步

尘世的浮华
被名利缠住了，只有自己的心
才能解绑

面子问题
是肉身的病，堆积呻吟
咳嗽就是落差

时光会磨平思想的棱角
凹凸地学顺势而为
直到止步的一天

春光的修辞

身体里藏着的伤感
有爱情的疤
前面的陷阱，跨过了

绵延的幸福
沿着河岸
蜿蜒流淌不息

在时间轴上看
三月的桃花
不去占用春风

春光的修辞
一样适合种植
适合在心里发芽

旧账

有名气的名字
也是钱

画
越不像就越有价值
笔不是印钱的工具

不论多少笔画
重点是落款

不要去比
稿费的咒语

放朋友圈上积赞
是坐实的虚伪

时光速成
等衰老

所有的名字
都可以刻在石章上

直到刻上墓碑的一天
名字是人生的旧账

正版的留言

触碰底线，我的底线
没有具体的边界
有时候叹息循环
我重复着说好话

写下来
诗句是正版的留言
坏话以正直的名义
汇成一本

浪费智商和纸张
顺道
等待白发的到来
和皱纹的细节

相似的幸福

风云变幻的时代
想像燕子一样飞翔
在水声中，在灯影里

在雨伞下构思
一些潮湿的名字和故事
用纯棉的质地
柔软地写

写南方男孩
和北方的姑娘
多少年前道别的句子
在另一首里重逢和细想

命运
在一条江里
一场雪下

在一条路上
都是注定的忧伤
和相似的幸福

文学是漏光的话

花朵是意象，叶子也是
构成的比喻
面对爱情的窄门，和墙
文学是漏光的话

侧身照进屋里
穿过隔开的情节
一展意外的风声

从别的角度
解读语境的结构
来慰藉
内心的河流

踏足放弃的梦想
把棱角磨平
删除过往的记录

河尾、源头和弯道

一起
还有深陷的幸福
在暗夜，波澜部分也删除

删除零星的伤痕
留一些搞文学用

不阻挡

尽头就是尽头，改变不了
交出的心事
填不满世事的纷呈

明喻的爱
横亘在
在真与假的边缘

不阻挡
奔腾的风和潮水
退去的时候

会发现
虚拟的码头
有浩瀚的星河
与大海

总结

虚度是理想，远大的前程
是写的一纸壮志

和雄心
在虚伪的时候复习过

失败是成功的课
不用辅导，磨难是额外的作业
我并不想一生上课

平凡是校门
我有太多的假话
在总结

可以备齐防伤的语录

秋天有秋风的合约
签下落叶的单里
纷飞是必须的条款

不用守护
落叶和风达成的共识

是枝头上挂着的情节
终会落在纸上

可以备齐防伤的语录
用好情感的字

别挡刀以及锋利的笔画
正经的集齐
一本诗集

正面的话

社会上，有不少正面的话
反面的更多一些

话语权大的，撒谎缺限度
模糊分明的真伪

人们总在期待避开
眼前的坑，希望平坦地走

利用雨后
走过重复的泥泞

再深陷
名利的泥潭

情怀

没有底牌，不去洞穿别人的心机
错过的，不必去说清
方向正确，走一步算一步

注释脚印的译文
版权归路
砖头砌成的围墙
是围肉身的，低迷的日子

不摸别人的底牌
内心的真实
不拿出来装扮

隐蔽在日历里
风涂改不了落叶的样子
翻动，反复翻动

翅膀的影子
是一本正经的册页

画像逼真的风

专供自己私用
凋零的花瓣和树叶
是一地迷茫的情怀

交代

前世不知道干过坏事没有
反正还挺顺的，祖宗是贫农
没有当官的

我比较早下海，趁水浑
没摸过自己的良心
剩下的品德都买房了

拒绝交代这些年混过的细节
反正在异地
熟悉的人比较少

我比较喜欢虚度
流水一样
只想省钱不省光阴

我携带山里人的朴实
早掉光了

演戏

人生大多数时段
我都在演戏
开口尽量
只讲合时宜的话

在城市里三步之内只谈钱
当然没钱也并不会寸步难行
我明白
健康是最大的财富

体内的毒是武器
钱的副作用多，比如
开张一家公司会有新的秘书
诱惑力如同一把刀

钝化的过程
在表演的基础上
出售人间的良心
就太廉价了

挫折和失败是幸福的贴补
识时务的台词
每一天都是崭新的起点
只做剧本里的角色

我不躲闪灯下的照耀

世俗外

内心深处不藏
可以诉说的
有闲置的房子
出租的银两，够躺平

不必归隐
择一本书，读书是风水
门里的江湖
编排好的风云

依然可以装下
窗内的平静
用好晨钟暮鼓的精神
放下大好的前程

起笔简化复杂的语境
单调地写
不用好纸，在手机里
谈天说地

不投奔了，偶尔
在微信里讲些闲言碎语
在夜晚的灯光下
零散的回忆

生活太快

直到有一天我明白
自己想要什么
一尘不染这个成语
太虚伪

生活太快了
一部手机
一辆汽车
都不写情书了

时光是本练习册
高速公路和酒店
没有通情的那一页
悲欢是样稿

归宿

我的故乡有很多山
土里土气是我原来的样子
后来在城市里装样子
装成别人的样子

我不隐喻，做人得高调
我中毒的剂量小
不用吃药
来路干净，被旧浪花洗过

我不讲归宿，窗外就有一条江
名叫黄浦江
我每天只看流水，更
喜欢面对手机里的瓯江

埋伏好微笑

退一步再退一步
不踩雷
我想绕过别人的难处

以及地上爬行的蚂蚁
绕过挡道的断桥
把原创的疼沉入水底

扔掉的心结，就不捞了
在骨子里
埋伏好微笑

回头时
多听落水的声音
我会单纯地听

不一样的尘世

我走过的街巷很旧
有上海的旧故事
都是从书里看到的
不知道真假

一些文字和照片
装扮的像
玫瑰花和白玉兰
我不比喻了

加工过的词语和幸福
在月光下和今天的故事比
我是朦胧的
隐蔽在阳光下

我在海派的小说集里
默默地想
用含蓄的语言表达

在高楼、里弄和石库门
翻新不一样的尘世

每一句自言自语
在一页页纸上塞进方言
和我的经历

伤也要伤得宁静

正常的身体里都会藏着一些秘密
文字一样默不作声
别写下来

伤也要伤得宁静
有不透风的墙
把心里的窗关上

许多事不能走进一本杂志
和出版的书里
动容的价值和稿费一样低

玩孤独吧，该沉江底的就沉
别讲江面的涟漪，包括格言
包括谎言和真理

一路埋头

大山和兰花是故乡的原版
那年我走出
原版里的春风

从瓯江左拐再右拐
就到黄浦江了
我数着外滩的人头和夜空的星星

去理解玉兰花和东方明珠
不动声色地练习套路
在一个词里套
另一个更暧昧的词

套一份合同的内容和金额
再返回刀刃的哲学
现实的翻版
身体里的世故和庸碌

一路埋头在阴暗的角落里

寻找明亮的街灯
周而复始地数钱和躲过
命运的坎和捉弄

我有很多石头

我有很多石头，每一块都不同
很宁静，不呐喊
都可以刻名字

上面没有犀利的语言
我从不动用娴熟的辩词
在文字的陷阱里

只知道打磨光滑的思想
融于一块石头
会有一块石头的局

把故事放在一把刀下
能捅出更多带伤的细节
表面上，名字是我的封面
也是封底

用汉语拐弯

不如装傻
修整好情节
在文字的草丛里
拿成语夸大

以哲学来顺其自然
研究夜色

在独幢别墅里
除了院子
从光阴的走道往前

用汉语拐弯
从黑暗中明白
每一条迷路

扮演一个诗人

不需要文化来脱身
每天的时光都是慢镜头
落日一样

沿着荒草、森林和河流
扮演一个诗人
去通往红尘

把春色嫁接到柳枝上
红尘印在池塘的涟漪中
一圈一圈绕着

再把心事镶在静水层
不断模仿树的年轮
将岁月和文字

浮于表面

简单的话

想家了，不用书页
也不去定型

主题码进故乡的深水处
成为草稿的底

夜里仰视星空
不分月光的主义

要隐忍到骨子里
用简单的话，去说穿
随意的标题

在江边写诗

在江边写诗，稿笺上的动词
要有激流
不需要桥栏的保护

叹词可以少一点
形容词该用还是要用
代表对水的谦虚

凡是桥下
水里都没有哲学
名词要用术语表示
分成许多缝隙

思想挤在一起
紧挨着副词
打桥上走，不去捞

在江边只能踩文字里的笔划
失望的痕迹在月光下慢慢切换
与乡愁保持融通度

无法抵达的就不抵达

无法抵达的就不抵达
高度是废墟
别攀援

搁浅的脚印
留在沙滩上展示
忧愁是我的弃船

抗风浪
不谈航程
带着疲软的功名利禄

不论陡峭
废话的铁锈显露出
碧浪和江风

散装好春风

寄出新芽
散装好春风

揭开蛙鸣
听方言的背后

我会藏下春色
私心如果想沉
就沉在故乡的江底

把深情的空隙留给
熟悉的涛声

就当每一种挫折都是恩赐

意外总是比预想的快
无数的谎言被揭开
阳光普照在原地
你的等待，是在夜黑前

就当每一种挫折都是恩赐
不比喻了
星星没有翅膀
月光是乡愁的本色

已经漂泊惯了，我不谈来路
走过了
旧的悲伤和快乐

风声还在远方的枝头上
话题在一座山间
和现在住的院子里

我会认账世道，继续走

圆圆的月亮里什么也没有

抵抗了多少次，也抵抗不住
故乡和一朵杜鹃花的花蕾
进入语境

生动的语言总在夜风里
与黑色的私语
说白了

圆圆的月亮里什么也没有
空旷得很
窗外的蛙鸣声似一组失语

现在的月光下
每一小段思念都已经用旧

我没有一个死结
星星和方言是乡愁的活扣

不如在枝头上构思一朵桃花

能留白的都是有光的影子
内心的独白真的浅显
与其说风月的坏话
不如在枝头上构思一朵桃花

在十里外迎风，在诗文里撩乱
一句简单的祝福
短制思念

不煎熬了，我放弃漫长的等待
不做一个牵挂的人
桃花开的是爱情的救赎

桃树枝条上的茂密会促成
情诗在纸上发芽
每一枝隐喻都会长成浅薄的幸福

玩票

魔都，冬天的风和我一样
从来不打腹稿
也不学雪花，飘呀飘
都是寒冷的败笔

我只在作秀的时候
和文字有关，写呀写
在手机上
省了好多纸和思路

不要问我有几个读者
自己算一个吧
失落的字能走多远
我不去问前途

我一直在找
容易磨平棱角的名声
在网上蹭
在诗句的门外

不动声色地
做一个玩票的人

多少拥抱和谎言才能化解肉疼

多少拥抱和谎言才能化解肉疼
入夜
总有一叠慢性的寂寞
在长夜里

手拿一本，正经的书
读到睡着

灯亮着，直到
窗外的鸟鸣声叫醒我

心里落满的字
如灯下的风花雪月
如情调的酒

当是一根藤蔓
缠绕着多情的忧伤

在无边的夜色下掩盖着

苦短的哀叹

诗句是诗人的软肋

一朵百合花开在绝句里
用抒情的风
摇曳生姿的秘密

情节曲折才生动才逼真
喜良是一种版本
翻印旧图

黑白分明，在词根的栅栏内
诗句是诗人的软肋
足够拿捏知名度和抱负

风当背景

夜晚的街灯下
街道两旁的梧桐落叶如风的画稿
纷纷起笔

飘来的思念
如街头的一幅明月
夜色似相框

圆与缺都画在心里
挂在夜空中的
是乡愁的底稿

风当背景
呼啸着，作为本色
不断诉说

描绘的伤是堆积的情
和欠下的疼
一起完稿

字与字的差距

诗没有人读也不要紧
有星星的沉默
闪闪地打量

字与字的差距
没有标准的尺度

功利的路
细与窄
都有落差的缝

裂的单纯
时光会补上一些解释

比如青蛙叫的谎言
会在野外
篡改好烟火的人间

做一棵野草

放手虚荣，剩下的追求
做一棵野草
长在自由的地方

只想着扎根在泥地的封面上
不需要花朵的内页
在脚下踩过种子的理想

作为草的故事，只等风来讲
一望无垠的消息
不用租一块春天

茎叶是土地证的内容
绿是春风的继承
疯长是本色

江的底稿

一条江的断流是水的落魄
露出来的鹅卵石
是江的底稿

水写过的话在风声里
没有低声的浪花
溢满心事

过去的春心都荡漾完了
删除了水的音量
鹅卵石就是绝句

不像曾经在江里
一直沉默的同音字
断流处就是绝句的抵达

俗话

内置的苦衷，每个人都有
做好面子的功课

语言的细缝
不需要刻意去缝补
随口的安慰

要补就补有关墙的俗话
不透的风都是旧风
不试鹅毛的轻重

台面上摆上虚心
听取风的意见
利用花瓣和落叶

关注风光的空缺
和心里的暗河
独坐，循环播放

风的语言

虚构

落叶的抱负和委屈

雪不是比喻

体内除了虚伪，干净的心思少
藏一场雪
也是纯洁一时
纷飞的细节积满污垢

不忏悔了
在天地面前，潜于雪下
等融化
活着，本来就六根不净

喝，酒是勇气
醉，释放内心的真
雪不是比喻
放空吧，做汉语的过客

窗外的鸟鸣声

每天在早晨日结
一夜的杂念
窗外的鸟鸣声

是世俗的插曲
每只鸟唱的
都是同一首歌

我喜欢听鸟的这种发言
深情地唱和说
从不辜负本色的词

这种干净而真诚的语种
我相信鸟
唱得纯真

我在一个字一个字地简化心事

心里有阴影，阳光就是守望
诗是解药，文字是药引子
我在夜里写的都是暗疾

结痂的秘密
在句子与句子之间慢慢捣碎
不埋了，再深也刨得出来

我在一个字一个字地简化心事
遗忘一些标点
写成一本淡泊的诗集

把名利的动机放下
赶夜路的时候
我把自己和别人的背影作为乡愁的封底

图书在版编目（CIP）数据

没有一行秘密会被文字遗忘 / 陈欣永著. -- 北京 : 中国书籍出版社, 2024. 8.
ISBN 978-7-5068-9950-5
Ⅰ. I227

中国国家版本馆 CIP 数据核字第 202466ET72 号

没有一行秘密会被文字遗忘

陈欣永 著

责任编辑　杨铠瑞
责任印制　孙马飞　马　芝
书籍设计　孙　初　申　祺
出版发行　中国书籍出版社
地　　址　北京市丰台区三路居路 97 号（邮编：100073）
电　　话　（010）52257143（总编室）　（010）52257140（发行部）
电子邮箱　eo@chinabp.com.cn
经　　销　全国新华书店
印　　刷　北京精彩世纪印刷科技有限公司
开　　本　889 毫米 ×1194 毫米　1/32
印　　张　8.5
字　　数　142 千字
版　　次　2024 年 8 月第 1 版
印　　次　2024 年 8 月第 1 次印刷
书　　号　ISBN 978-7-5068-9950-5
定　　价　68.00 元